João Gomes de Sá

O Corcunda de Notre-Dame

em Cordel

Adaptação da obra de
Victor Hugo

Apresentação de
Marco Haurélio

Ilustrações de
Murilo e Cintia

NovAlexandria

São Paulo - 4ª edição - 2019

Título original: Notre-Dame de Paris
©Copyright, 2008, João Gomes de Sá
4ª edição – setembro/2019

Todos os direitos reservados.

Editora Nova Alexandria
Rua Engenheiro Sampaio Coelho, 111
04261-080 - São Paulo-SP
Fone/fax: (11) 2215-6252
Site: www.novaalexandria.com.br
E-mail: novaalexandria@novaalexandria.com.br

Coordenação da edição: Marco Haurélio
Revisão: Maria Izabel Perez
Projeto Gráfico, Capa e Editoração Eletrônica: Mauricio Mallet
Ilustrações: Murilo e Cintia

CIP-BRASIL. CATALOGAÇÃO-NA-FONTE
SINDICATO NACIONAL DOS EDITORES DE LIVROS, RJ

S11c

Sá, João Gomes de, 1954-

O corcunda de Notre-Dame / Victor Hugo; adaptação de João Gomes de Sá; apresentação de Marco Haurélio; ilustrações de Murilo Silva e Cintia Viana. - São Paulo: Nova Alexandria, 2008. - (Clássicos em cordel) 4ª Edição, 2019.

56 p.

Adaptação de: Notre-Dame de Paris / Victor Hugo

ISBN 978-85-7492-474-8

1. Literatura de cordel infantojuvenil. I. Hugo, Victor, 1802-1885. Notre-Dame de Paris. II. Murilo (Ilustrador). III. Cintia (Ilustradora). IV. Título. V. Série.

08-5454.   CDD: 398.5
                                                           CDU: 398.51

12.12.08   15.12.08   010188

Índice sistemático para catalogação
027- Bibliotecas gerais
027.625 - Bibliotecas infantis
027.8 - Bibliotecas escolares
869B - Literatura brasileira

O Corcunda de Notre-Dame

Apresentação

PARA COMEÇO DE CONVERSA

O romance *Notre-Dame de Paris* é um marco na carreira literária de Victor Hugo. O enredo trata do amor impossível entre o corcunda Quasímodo e a cigana Esmeralda. Impossível porque Quasímodo, além do "defeito" físico, é quase surdo, o que o isola do mundo e das pessoas. Seu refúgio é a catedral de Notre-Dame (Nossa Senhora), em Paris, onde é o sineiro. Contudo, sua vida muda quando conhece Esmeralda, uma bela cigana que, no entanto, tem uma coisa em comum com Quasímodo: ela também é uma "excluída social" por conta de sua origem e do preconceito da época em que é ambientada a história (século XV). As coisas se complicam quando o arcebispo da catedral, Cláudio Frollo, pai adotivo de Quasímodo, também se apaixona por Esmeralda. O malvado Frollo se valerá de sua grande influência para alcançar seu objetivo.

Esse é o eixo central do romance de Victor Hugo, recriado em cordel por João Gomes de Sá, que transportou os famosos personagens para uma pequena cidade do

Nordeste Brasileiro. O romance, graças ao cinema e às inúmeras traduções, é mais conhecido como *O corcunda de Notre-Dame*, e é esse o título adotado pelo poeta.

A partir desta licença poética, os nomes dos personagens também são alterados. *Quasímodo*, por exemplo, se torna Quasimudo, evidenciando sua dificuldade de comunicação. Cláudio Frollo, o vilão da história, é o Padre-Mal. Pedro Gringoire, o poeta protegido por Esmeralda, reaparece como Sebastião, um cantador repentista. E Febo, o capitão dos arqueiros, por quem a cigana se apaixona, é o Capitão Ferraz. Esmeralda é a única personagem que conserva seu nome original. Até Djali, sua cabra amestrada, tem o nome mudado para Abigail.

O cenário deste drama é a cidade de Santana de Cajazeira, assim chamada porque sua padroeira é Nossa Senhora Santa Ana, que a tradição aponta como mãe da Virgem Maria. Quasimudo é o sineiro da catedral, que fica ao lado de um mosteiro "de aspecto duvidoso", palco das perversidades do Padre-Mal. O que esta adaptação conserva do original é o fato de uma alma nobre habitar num corpo tão feio quanto o de Quasímodo. Motivo para que sejam revistos os nossos conceitos de beleza, especialmente nos dias de hoje.

O LIVRO E SUA ÉPOCA

Escrito em 1831, o romance *Notre-Dame de Paris* é um marco na carreira do escritor francês Victor Hugo, pois, além de ter revelado ao mundo seu grande talento, lhe abriu as portas do sucesso literário. Enquanto Hugo escrevia este romance, Luís Felipe, apoiado pela burguesia liberal e pelos estudantes, assumia o trono francês, inaugurando o período conhecido por monarquia constitucionalista. No entanto, o cenário de *Notre-Dame de Paris* é a França do final da Idade Média, dividida entre um clero corrupto e poderoso e uma grande massa de miseráveis.

As agitações do período em que Hugo escreveu o romance, contudo, se refletem na narrativa, como no célebre episódio da prisão de Quasímodo, exposto à humilhação pública no pelourinho. Quasímodo, surdo, é interrogado por um juiz, igualmente surdo, mas sem o admitir, que o condena, entre outros "crimes", por desordem noturna. A surdez secular da justiça é denunciada pelo autor neste e em outro romance, Os Miseráveis[1], escrito em 1862.

O CORCUNDA EM LINGUAGEM DE CORDEL

A versão nordestina do *Corcunda* é uma bela homenagem ao grande escritor Victor Hugo e uma prova que a arte não conhece fronteiras. O poeta João Gomes de Sá, já nas duas primeiras sextilhas, explica a mudança do

---

[1] Outro clássico de Victor Hugo que faz parte desta coleção em adaptação de Klévisson Viana

palco em que se desenvolve a história, detalhe que, nesta adaptação para o cordel, só a enriquece:

> O Romance do Corcunda
> *De Notre-Dame*, leitor,
> Escrito por Victor Hugo,
> Aquele grande escritor.
> Em versos vou recontá-lo.
> Sua atenção, por favor.
>
> Antes porém quero dar;
> Essa breve explicação:
> O cenário do *Corcunda*
> Eu trago para o sertão;
> O Nordeste brasileiro
> É palco de toda ação.

Nesta bela adaptação, chama à atenção a riqueza na descrição de detalhes, em especial quando o poeta nos apresenta a população de Santana de Cajazeira, na véspera da festa de Santos Reis, um dos folguedos mais tradicionais do Brasil, celebrado a seis de janeiro:

Vendedor de bugiganga,
Palhaços, malabaristas,
Atores de mamulengos,
E poetas cordelistas.
Tocadores de sanfona,
Violeiros repentistas.

Na estrofe abaixo, o poeta descreve a origem de Quasimudo e sua deformidade física:

Tinha um corpo distorcido,
Era um bebê deformado,
Surdo-mudo, quase cego;
Tinha um olho esbugalhado,
E por um Padre cruel
No mosteiro foi criado.

Enfim, mais um belo trabalho que mostra o vigor da poesia de cordel e o talento dos poetas populares.

Quem foi Victor Hugo

Foi a figura mais expressiva do Romantismo francês. Poeta, novelista e dramaturgo, nasceu a 26 de fevereiro de 1802, revelando, desde cedo, grande talento literário. Autor do célebre romance *Nossa Senhora de Paris* (escrito em 1831), imortalizou nesta obra a figura de Quasímodo, o *Corcunda de Notre-Dame*. Poeta de grande influência, estima-se que em setenta anos de produção literária, tenha chegado à impressionante marca de um milhão de versos.

Eleito deputado em 1848, rompeu com o poder monárquico, com o qual simpatizava. Em 1851, após combater nas barricadas, é obrigado a exilar-se. No exílio, em Guernsey, uma ilha localizada no Canal da Mancha, escreve sua obra máxima, o monumental romance *Os Miseráveis*, na qual deixa claro seu apoio aos ideais revolucionários.

Em 1859, Napoleão III concede-lhe anistia, mas o poeta recusa-se a deixar a ilha de Guernsey, onde viveria 15 anos de exílio. Retorna à França, em 5 de setembro de 1870, já reconhecido como a maior expressão do Romantismo daquele país. Por ocasião de sua morte, ocorrida em Paris, no dia 23 de maio de 1885, cerca de setecentas mil pessoas – alguns biógrafos estimam um número ainda maior – acompanham seu modesto caixão ao Panteão onde está sepultado.

O Corcunda de Notre-Dame em Cordel

João Gomes de Sá
Adaptação da obra de Victor Hugo

O Romance do *Corcunda*
De Notre-Dame, leitor,
Escrito por Victor Hugo,
Aquele grande escritor.
Em versos vou recontá-lo.
Sua atenção, por favor.

Antes, porém, quero dar
Essa breve explicação:
O cenário do *Corcunda*
Eu trago para o sertão;
O Nordeste brasileiro
É palco de toda ação.

Numa cidade chamada
Santana de Cajazeira
Todo ano acontecia
A tradição verdadeira:
Festejos em homenagem
Para a Santa Padroeira.

Toda classe social
Esta cidade acolhia:
Pagadores de promessas,
Congregação de Maria,
As beatas rezadeiras
De distante confraria.

Vendedor de bugiganga,
Palhaços, malabaristas,
Atores de mamulengos,
E poetas cordelistas.
Tocadores de sanfona,
Violeiros repentistas.

O senhor dono de engenho,
O banqueiro espertalhão,
O vaqueiro aboiador,
Das quebradas do sertão;
O Cego Duda Aderaldo
Tocando seu violão.

De tudo tinha na festa;
Das barracas de comida
A folguedos populares,
Dos quiosques de bebida
À tolda de lembrancinha
Nas calçadas da avenida.

Santana de Cajazeira
Assim era demarcada:
Do norte para o oeste
Tinha família abastada,
Moravam ricos patrões
Em casa toda murada.

Os segregados moravam
No lado sul da cidade
Onde estava concentrada
A maior diversidade
De mendigos, de ciganos –
Pobres reis, sem majestade!

No leste, a população
Desse modo era formada:
Os atores e estudantes
Ali faziam morada,
Por conta da faculdade
Muito bem estruturada.

Já na região central
O comércio acontecia,
O pequeno produtor
Expunha o que produzia,
Porém era o empresário
Que bom negócio fazia.

Bem no centro destacava,
Imponente, colossal,
Em estilo que lembrava
A época medieval,
A mais bela construção:
Uma enorme Catedral!

Mostravam o alto do céu
As três torres da fachada.
A via-sacra de Cristo
Nas portas foi entalhada.
Hora certa pelos sinos
Era sempre anunciada.

Lá dentro, grande salão
Com bancos vitrificados,
Pilastras todas em mármore
Com temas esculturados
Dos profetas, dos apóstolos
Pelos fiéis adorados.

No belo altar encravado
Todo de ouro e brilhante
Nossa Senhora Santana
Estava ali cativante,
Fitando com olhos mansos
Todo fiel visitante.

A Catedral de Santana
Era a maior atração,
O povo do mundo inteiro
Lotava todo salão,
Fazia agradecimento,
Muita prece e oração.

Ao lado da Catedral,
De aspecto duvidoso,
Havia um grande mosteiro,
Um prédio misterioso,
De arquitetura barroca,
Também muito suntuoso.

Contornando toda frente
Do mosteiro e catedral
Uma grande escadaria
Formava um palco ideal
Para toda encenação
Artística e cultural.

Era sim seis de janeiro
O dia mais esperado.
Na frente da Catedral
E do mosteiro assombrado,
Os folguedos e o teatro,
Ali tudo era encenado.

Bem cedinho começava
A grande agitação:
— Venham todos assistir
A Peleja de Cancão
Com o Pedro Malasarte
Aqui neste calçadão!

E logo, logo, em seguida,
Um recital de poesia!
Vou declamar para todos
Os versos da confraria
Dos poetas populares
Desta nossa freguesia!

Era o bom Sebastião
Um poeta anonimado,
Chamando todos pra festa
Em verso metrificado,
Pois seu desejo era ver
Seu sonho realizado.

Sebastião há um tempo
Ensaiava o recital,
Queria mostrar seus versos
Para todo pessoal.
E na festa de Santana
Era o momento ideal.

Todo mundo ali na praça
Procurava se sentar
Nos bancos e nas escadas
Pra melhor observar
O evento anunciado
Do cantador popular.

Os sinos da Catedral
Soavam com precisão,
Pareciam melodia
De ritmada canção,
Pois, à parte, também era
Outra esperada atração.

E o povo batia palmas,
Sorria e cantarolava.
Um grupo ali, mais afoito,
Além do canto, dançava
E nesta grande euforia
A multidão aumentava.

Mas um jovem acadêmico,
Como sempre impaciente,
Já gritava: – Olhe a hora,
Comece logo o repente!
E Sebastião dizia:
— Vai começar, minha gente!

Sebastião, o Poeta,
Estava muito feliz,
Já podia imaginar
O povo pedindo bis.
Era o sonho realizado
Como ele sempre quis.

Pra mostrar seu desempenho
Já estava decidido.
Fez um breve alongamento,
Respirou fundo, contido;
Mas de repente o Poeta
Ali foi interrompido.

É que surge bem no centro
Daquela arena formada
Uma cigana dançando,
Cheia de graça, encantada,
E para ela a atenção
De todos foi dispensada.

E dançava equilibrando
Na cabeça uma espada,
A multidão aplaudia
De forma sincronizada,
Ao mesmo tempo gritava:
— Ciganinha, bela fada!

Esmeralda era o seu nome,
Jovem de pura beleza,
Por conta dos olhos verdes.
Tinha um jeito de princesa,
Mas vivia nesse ofício
Pra se livrar da pobreza.

Em cada apresentação
Era bem recompensada;
Moeda até de valor
Na calçada era atirada,
E quem fazia a coleta
Era uma cabra amestrada.

A cabrinha Abigail
Era muito bem treinada,
Obedecia às ordens
Quando ali solicitada
Por Esmeralda, a dona,
Qualquer que fosse a jornada.

Sebastião, o Poeta,
Outra vez foi desprezado,
No meio da multidão
Saiu dali, desolado.
De novo, seu grande sonho
Foi sequer apresentado.

À parte sul da cidade
Saiu ele em direção.
Sussurrava cabisbaixo:
— Será uma maldição!
Por que à minha poesia
Ninguém mais presta atenção?

Adentrou muita viela
Escura e sem movimento,
Um pouco desnorteado
Sentou-se só, ao relento;
E sussurrou outra vez:
— Por que tanto sofrimento?

Mas lá na praça, Esmeralda,
Depois da apresentação,
Humildemente falava
Para toda multidão:
— Os meus agradecimentos
Pela vossa gratidão!

E saiu discretamente,
Pois entrou ali no Paço,
Fazendo mil piruetas
Um caricato palhaço.
Muito riso e gargalhada
Inundaram todo espaço!

— Quem é mais feio que eu,
Quem tem o corpo mal-feito,
Com os cambitos só osso,
Quem é assim do meu jeito?
O palhaço perguntava,
Batendo forte no peito!

Estava aberto o concurso
Do mais feio do Estado!
Do ridículo! Do horroroso!
Do bobo! Do desonrado!
A plateia era o juiz
Que escolhia o "premiado".

E de minuto em minuto
Alguém da escadaria
Chegava no picadeiro,
Muita careta fazia.
A plateia delirava
Com vaias ou aplaudia!

O Corcunda de Santana
Via todo movimento,
Da torre da Catedral
Por demais estava atento,
Queria participar
Daquele importante evento.

Desceu da torre, acanhado,
No meio da multidão.
Sentiu medo, quis voltar,
Mas foi jogado no chão
E todos logo gritaram:
— Rei dos Tolos! Campeão!

Ali mesmo, sem demora,
Sem trato, foi coroado.
Num andor cheio de fitas
O pobre foi colocado.
Pensando que era um rei,
Estava sendo humilhado.

A feiura do Corcunda
Não era disfarce, não.
Quando o povo percebeu
Foi a maior gozação,
Mas, coitado, até sorria;
Pensando ser atração.

(Um parêntese aqui abro,
Do Corcunda vou falar:
Muito cedo, inda criança
Foi deixado no altar
Da Catedral de Santana,
Abandonado, sem lar.

Tinha um corpo distorcido,
Era um bebê deformado,
Surdo-mudo, quase cego,
Tinha um olho esbugalhado,
E por um Padre cruel
No mosteiro foi criado.

O Padre por sua conta,
Por força e autoridade,
Deu nome para a criança
De Quasimudo, é verdade;
E segregou o menino
Daquela sociedade.

Toda infância e adolescência
E a fase adulta também
O Padre não permitiu
Quasimudo ir além;
Viveu sempre no mosteiro
Sem conhecer mais ninguém.)

E para ele aquela festa
Trazia satisfação,
Se sentiu naquela hora
Como um nobre cidadão
No direito de ir e vir,
A sua consagração!

E Quasimudo do andor
Sorria timidamente.
A plateia folgazona
Gritava constantemente:
— Rei dos bobos! Coisa feia!
Abestalhado! Indigente!

O Padre-Mal, quando viu
Aquela cena humilhante,
Berrou tão que alto que todos
Pararam no mesmo instante:
— Deixem em paz a criatura!
Ô raça de meliante!

Muito triste, Quasimudo;
Fez um gesto de perdão.
O Padre-Mal entendeu
E disse: — Perdoo, não!
Ao mosteiro, vá depressa!
Espectro! Aberração!

Humilhado, obediente,
Como ainda não se viu,
Quasimudo, taciturno,
Ali da praça saiu,
E foi direto ao mosteiro,
Como seu dono pediu.

A confusão que se deu,
Confesso, nada alterou;
Por isso, novo espetáculo,
No Paço se apresentou.
E assim, sem cerimônia,
A festa continuou.

No entanto, na favela,
O Poeta foi cercado
Por um bando de ciganos,
Um grupo mal-encarado,
Que, eufórico, perguntou:
— Que faz aqui deste lado?

Para passar por aqui
Tem que pedir permissão!
Se não a tem, seu intruso,
Você vai morrer então!
Se puder pague pedágio
Para sua salvação!

— Meus senhores, por favor;
Não me maltratem mais, não!
Eu sou um pobre Poeta,
Sem cobre, sem um tostão!
Eu suplico, me desculpem
Pela minha intromissão!

Já disse o líder do grupo,
Para mostrar seu poder:
— Vou mandar lhe escalpelar
Para a lição aprender.
Prometo, nobre Poeta,
Nem um pouco vai doer!

Para fazer o "serviço"
A navalha foi puxando.
O Poeta gritou tanto,
Ajoelhado, chorando:
— Faça isso não, meu senhor! —
E cai no chão, implorando.

Mas Esmeralda passava
Naquele exato momento
E para o grupo ordenou:
— Isso não tem cabimento.
Liberte agora o Poeta;
Já chega de sofrimento!

— Você conhece o Poeta,
O vendedor de poesia?
Alguém do grupo pergunta
Em carregada ironia.
E Esmeralda responde,
Dizendo que o conhecia.

— Já que você o defende
Com tanta disposição;
Em pleno seis de janeiro
Terá uma provação:
Ele será seu criado,
Diz a nossa tradição!

Na mesma hora o Poeta
Deu pinote de contente,
Falando: — Sou seu escravo,
Seu criado obediente!
Eu serei só servidão
Agora daqui pra frente!

E desse modo, o Poeta;
Se livrou da navalhada
E, cumprindo a tradição
Da Cultura Ciganada,
Fazia toda tarefa
Sem reclamar mais de nada.

Sebastião, o Poeta,
Era um servo dedicado,
Andava muito feliz
Por trabalhar lado a lado
Da Ciganinha Esmeralda,
Seu novo sonho encantado.

E toda tarde, Esmeralda
O seu trabalho fazia,
Na frente da Catedral
Artesanato vendia;
Além de cantar, dançava
Uma doce melodia.

O Corcunda já sabia
Deste trabalho primeiro.
Enfeitiçado fitava
Lá da torre do Mosteiro,
Esmeralda angelical
Bailando no picadeiro.

O Corcunda de Santana
Já tinha hora marcada:
Depois de seus afazeres
Corria para a sacada,
Pois pra ele aquele instante
Era uma hora sagrada.

Num certo dia ele viu
Um bando de malfeitor
Armado e saqueando
O seu platônico amor.
— Socorro! — gritou a moça,
Quase morta de pavor.

A Guarda Municipal,
Como sempre se atrasou,
Mas o Capitão Ferraz
No momento declarou:
— Vou trazer de volta tudo
Que o bandido lhe roubou.

Com o jovem Capitão,
Esmeralda se encantou.
Um flerte apaixonado
Seu coração penetrou.
Trocaram fortes olhares,
Mas ele se retirou.

Enquanto isso, o Corcunda;
Correu atrás do bandido.
Vasculhou beco e viela,
Como um cão enfurecido,
Mas de nada adiantou,
Foi sacrifício perdido.

Depois de muito penar
Ao mosteiro retornou
Subiu à torre da igreja,
Todo sino badalou.
Desconsolado, outra vez;
Na cafua se deitou.

Quando raiou outro dia,
O Corcunda viu na praça
Esmeralda; e o Capitão,
Radiante, cheio de graça,
Pois o bando malfeitor
Não era mais ameaça.

A Esmeralda o Corcunda;
Também queria, o coitado,
Fazer uma gentileza,
Um simples gesto, um agrado.
Assim como o Capitão,
Esperava ser notado.

Matutou pequeno plano
Com muita dificuldade:
Ia colher umas flores
No jardim da Faculdade,
Depois dar a Esmeralda,
Sem fazer solenidade.

Nem sequer dormiu direito
Naquela noite, o danado.
Desta vez, seu grande sonho
Não podia dar errado,
E muito cedo chegou
Lá no jardim desejado.

Rosas brancas, amarelas,
Colhia com emoção,
Com cuidado, com carinho,
Fazia um feixe na mão.
De repente um guarda grita:
— Esteja preso, ladrão!

Mas o Corcunda, meu Deus,
Não tinha boa audição!
E por isso não ouvia
Aquela voz de prisão.
Sendo assim, foi espancado
Com belas flores na mão.

Na frente da Catedral
O Corcunda foi atado
Ali no pé do cruzeiro;
De novo foi humilhado.
Todo mundo que passava
Zombava do desgraçado.

Bem depois do meio-dia,
O sol a pino, escaldante;
Passava fome o Corcunda
E sede a cada instante,
Tratamento dispensado
Para o pior meliante.

E suplicando socorro
Palavras balbuciava.
Amarrado no cruzeiro,
Porém, ninguém ajudava.
Sem forças para fugir,
Ao sol ele agonizava.

Naquela hora, Esmeralda,
Passava pelo local,
Com o Poeta e a cabra
Amenizaram o mal,
Pois deram água e comida
Àquele pobre mortal.

E pouco a pouco, o Corcunda;
Ia se recuperando.
Depois de tanta vergonha,
Já saiu cambaleando.
Recomendou-lhe Esmeralda:
— Com cuidado, vá andando.

Aquela voz invadiu,
(Não sei se posso dizer)
Os ouvidos do Corcunda
Como um canto de prazer,
E com isso ele pensou:
"Ela quer meu bem-querer."

Um bom tempo ele passou
Assim como um ermitão,
Só pensando em Esmeralda,
A sua doce paixão.
Vivia ali no mosteiro
Em profunda solidão.

Um dia de tardezinha,
Quasimudo foi chamado
Por aquele Padre-Mal,
Que o treinou pra criado:
— Quasimudo, venha aqui,
Sem demora, desgraçado!

Padre-Mal gritou tão alto
Que Quasimudo entendeu.
E lá da sua cafua
Apressado já desceu
E na porta do escritório,
Com cuidado, ele bateu.

Com tom alto nas palavras,
Nos gestos, animação;
Padre-Mal ditava a ordem
Também dava explicação:
— Faça tudo que eu mandar,
Agora, preste atenção!

— Hoje à noite, Esmeralda
Marcou com o Capitão
Um encontro lá no rio,
Ao lado do casarão.
Ele é noivo de Belinda,
A filha de Zé Romão!

Como sou religioso
E temente a Deus do céu,
Não quero que o Capitão
Passe por esse escarcéu,
Pois, traição, Quasimudo,
Transforma um justo num réu!

Ao local chegue bem tarde,
Invente uma confusão.
Discuta, sem piedade,
Com o nosso Capitão.
Belinda – moça prendada
Não precisa saber, não!

Você está entendendo
Tudo que estou falando?!
O Corcunda assustado,
Para um lado sempre olhando,
A cabeça balançava
Dizendo sim, afirmando.

Da sala do Padre-Mal
O Corcunda sai ligeiro!
Seu sonho com Esmeralda
Desapareceu inteiro.
Irrequieto e aflitivo,
Sai correndo do mosteiro!

Vai correndo para o rio
E adentra o casarão,
Desobedecendo às ordens
Do seu dono, seu patrão.
Lá dentro fica escondido
Tocaiando o Capitão.

Chegava a noite em silêncio,
Brilhava a Lua no rio.
A canção que se ouvia
Naquele lugar sombrio
Era a acauã agourando
No vento frágil do estio.

Não demorou muito não,
Chega o Capitão atento.
E, em seguida, Esmeralda
Chega e lhe faz cumprimento:
— Que todos raios da Lua
Iluminem este momento...

Cumprindo as ordens do Padre,
O Corcunda ia brigar
Como fora combinado.
Não podia mais ficar
Olhando para o casal,
Vendo seu sonho findar.

Na mesma hora, contudo,
Aparece encapuzado
O Padre-Mal, meu leitor,
Com seu plano endiabrado:
"Assassino o Capitão
E o Corcunda é culpado..."

Pensando que o Corcunda
Mais tarde ia chegar,
Atirou no Capitão
Nas costas, para matar.
Ele cai dentro do rio,
Sem condições de nadar.

Era também o seu plano
Esmeralda sequestrar,
Mas ela, muito assustada,
Começou logo a gritar:
— Socorro, meu Deus, socorro!
Alguém pode me ajudar?

Padre-Mal saiu correndo,
Foi ao mosteiro e voltou.
E desta vez a polícia
No local cedo chegou
E sem trato, educação,
A Esmeralda interrogou:

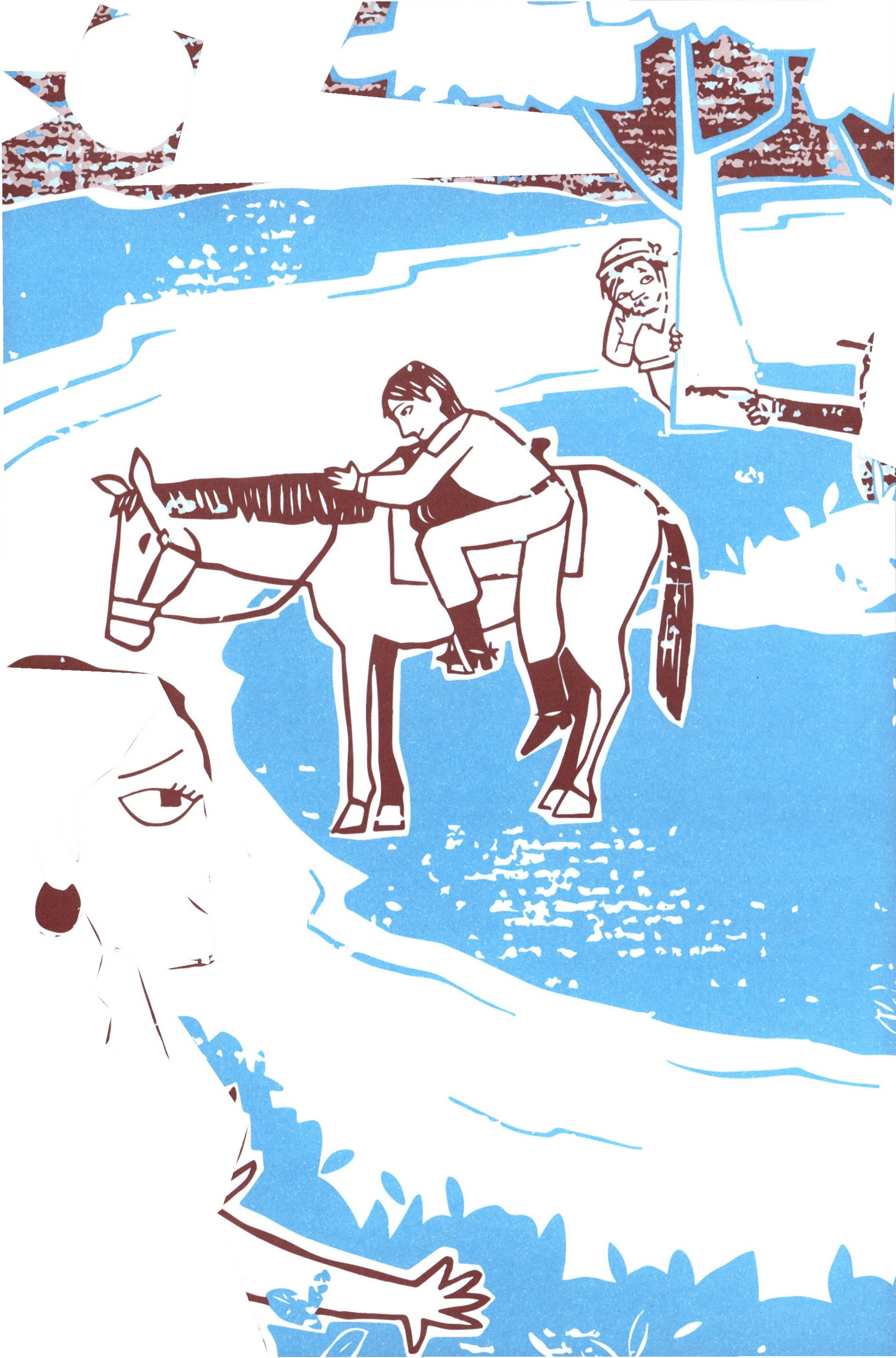

— O que foi que aconteceu?
Conte tudo que passou!
O Tenente-comandante
Deste modo a intimidou.
— Mataram o Capitão...
Ela disse e desmaiou.

O Padre-Mal, no momento,
Diz, fingindo-se inocente:
– Ajudem a pobre moça!
O seu caso é mais urgente!
Deprimido, Quasimudo
Saiu já, discretamente.

Bem mais abaixo dali
Encontraram o Capitão.
O desgraçado escapou –
Foram tiros de raspão
Nas costas e na cabeça,
Também no braço e na mão!

Igual a um carro de boi
Gemia muito o safado,
Devido a sua patente,
Urgente foi medicado.
E, alguns dias depois,
Pra depor foi convidado.

Esmeralda estava presa
Na Casa de Detenção,
Por "tentar assassinar,
Sem defesa, o Capitão",
Por formação de quadrilha,
Sequestro e corrupção.

Quando estava na cadeia,
Alguém foi lhe visitar:
O Padre-Mal – suspeitoso –
Dizendo: – Vim lhe ajudar;
Se você viver comigo,
Lhe tiro deste lugar.

Eu jogo fora a batina!
Dou meus bens como penhor:
Dinheiro, casas, viagens,
Ouro e joias de valor.
Tudo isso ainda é pouco
Para provar meu amor!

Aqui sou autoridade!
E tudo está planejado.
O Conselho de Sentença,
Confesso, já foi comprado:
Vai acusar o Corcunda,
O verdadeiro culpado!

— Eu sou inocente, Padre,
E o demônio é o Senhor!
Inda acredito na Lei
Como escudo protetor
Dos pobres, dos oprimidos.
Saia daqui, por favor!

Padre-Mal, mais uma vez,
Não se sentiu derrotado.
Outro plano arquitetou,
Iludindo outro coitado:
Sebastião, o Poeta,
Que vivia amargurado.

Ele achegou-se ao Poeta,
Com discurso sorrateiro:
— Poeta, sua Esmeralda,
Vai morrer no cativeiro.
Contudo, vou lhe ajudar,
Pois eu sou bom companheiro!

— Senhor Padre, então me diga;
Nos livre deste tormento!
E o Padre-Mal respondeu:
— No dia do julgamento,
Podem invadir o Fórum
Naquele exato momento!

Deste jeito fica o Fórum
Numa grande confusão,
Lá eu estou disfarçado
E entro logo em ação
E rapto sua Esmeralda,
Seu amor, sua paixão!

Durante um breve período
Ela mora no mosteiro,
Pois lá ninguém tem acesso,
É um refúgio ordeiro,
É sagrado, inviolável;
Só entra lá o caseiro.

O caseiro, você sabe,
É o Corcunda abestalhado,
Não tem juízo, é doente,
Mora num canto isolado.
Quando tudo se acalmar,
Você é notificado.

O Poeta concordou,
Sem nada questionar.
Só queria, na verdade,
Esmeralda libertar
E quem sabe, algum dia,
O seu amor declarar.

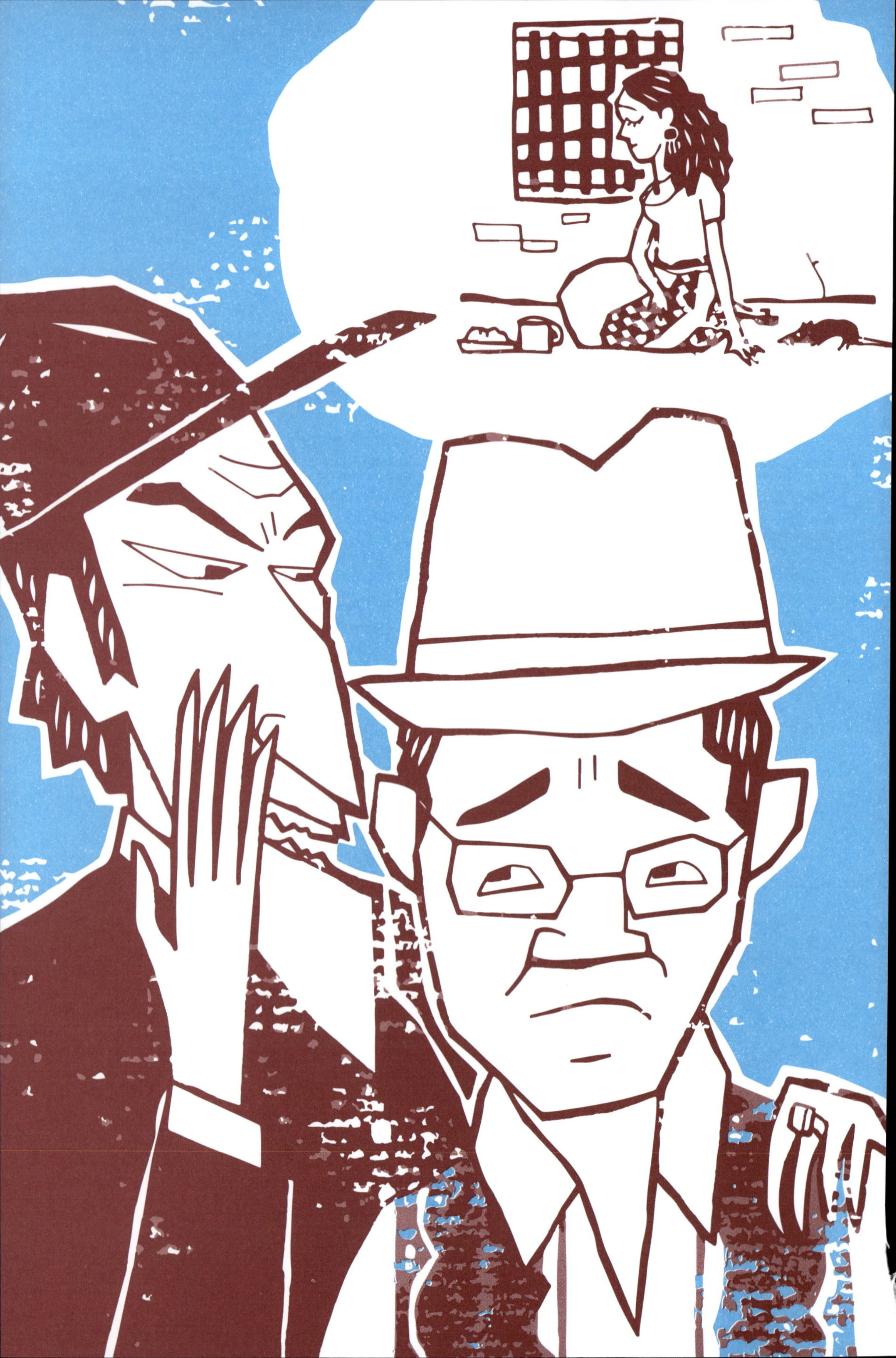

No dia do julgamento
— Conforme foi combinado —
O Fórum estava repleto,
Quero dizer, apinhado
De ciganos e mendigos
E um tantinho de soldado.

O Conselho de Sentença
Estava todo formado.
O Juiz lá leu os autos,
O Promotor foi chamado
Para fazer sua fala,
Estava todo empolgado.

O discurso proferiu
O Promotor convencido.
Um burburinho formou-se
E ninguém lhe deu ouvido.
E, como era previsível,
O Fórum foi invadido.

O Juiz disse com medo:
— A sessão tá encerrada!
O Promotor pediu calma,
Mas saiu em debandada,
E, naquela confusão,
A Cigana é raptada.

Esmeralda foi envolta,
Parecendo alegoria,
Em tecido colorido,
E nos olhos conduzia
Uma venda para ela
Não saber aonde ia.

Ela até quis reagir,
Pois nada mais entendia.
Às ordens do raptor
Esmeralda obedecia,
Chegaram lá no mosteiro,
Conforme o plano previa.

Por uma porta secreta
Adentraram a Catedral.
O Padre-Mal, sem disfarce,
Era agora o maioral,
Trancafiou Esmeralda
No salão paroquial.

Esmeralda tira a venda
Sem saber onde ela estava,
Batia forte na porta,
Porém, ninguém a escutava.
Sozinha naquela sala,
De vez em quando chorava.

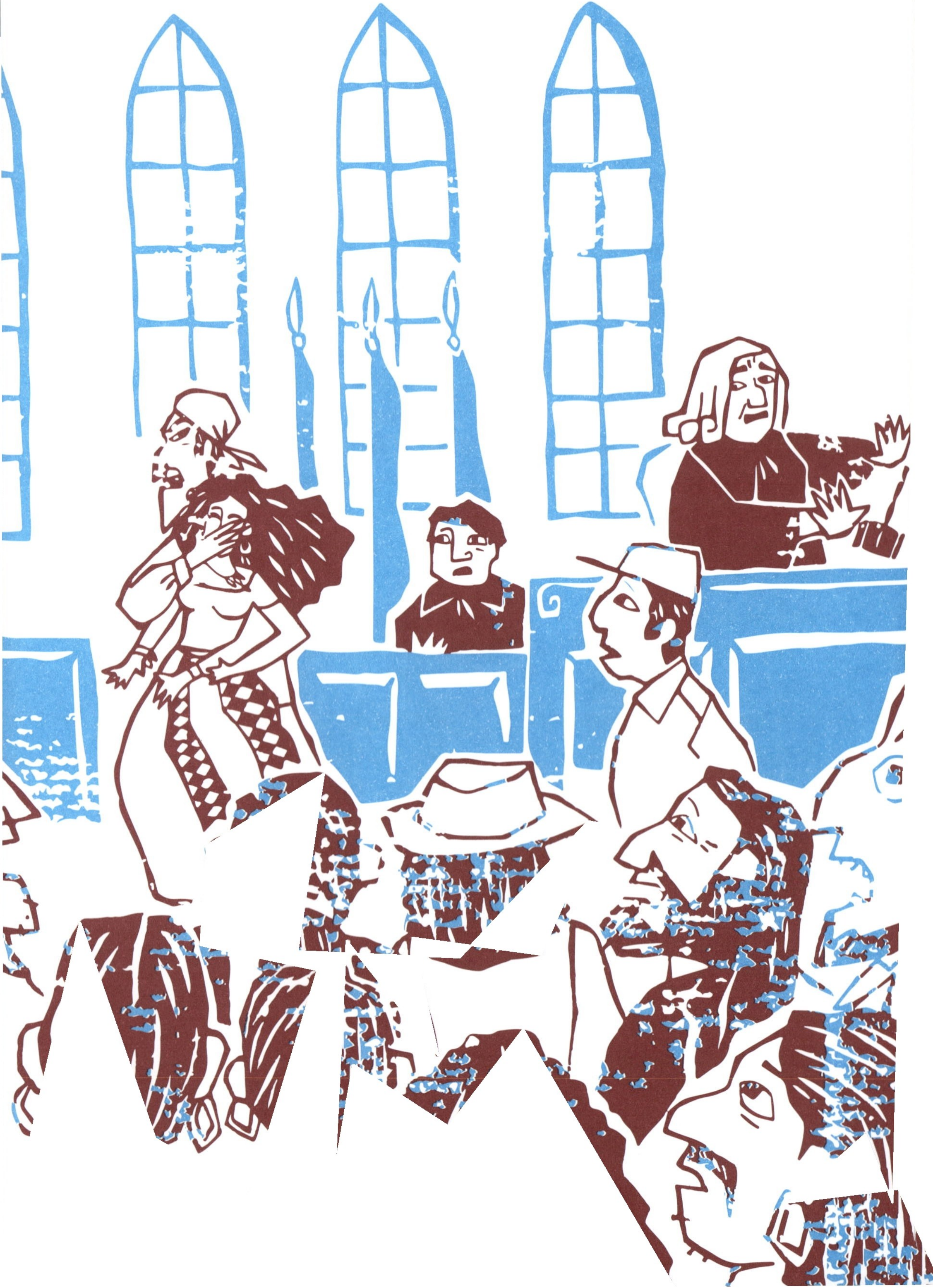

Passou fome e passou frio
Naquele resto de dia.
Só depois da meia-noite,
Uma portinha se abria:
Alguém deixava a comida,
Mas, em silêncio, saía.

O trabalho do Corcunda
Era fazer a limpeza
Da Catedral, do mosteiro,
Todo dia, com certeza;
E também lustrar os sinos
Pra ficar "chuchu-beleza".

Mas ficou desconfiado
Ao ver a porta trancada,
Pelas frinchas da janela
Olhando, viu agachada
Esmeralda num cantinho,
Infeliz, amargurada.

Por má-sorte, Padre-Mal
Naquele instante surgiu
E gritou para o Corcunda:
— Me diga que nada viu.
Sai daqui, assombração!
E o pobre dali saiu.

E lá dentro, Esmeralda
Deduziu: — É o vigário.
E gritou desesperada:
— Me liberte, salafrário!
Não quero nada contigo,
Padreco vil, ordinário!

Padre-Mal abriu a porta,
Não suportando o desdém,
E com sarcasmo falou:
— Princesa, está tudo bem!
Se não viveres comigo,
Não viverás com ninguém!

E, com muita violência,
Padre-Mal fechou a porta.
Contudo, disse: — Esmeralda,
Você pra mim está morta!
Agora não tem comida,
Será que você suporta?!

Bem escondido, o Corcunda;
Na sala do sacristão,
Não escutava direito,
Mas prestou muita atenção;
Padre-Mal previa a morte
De Esmeralda no salão.

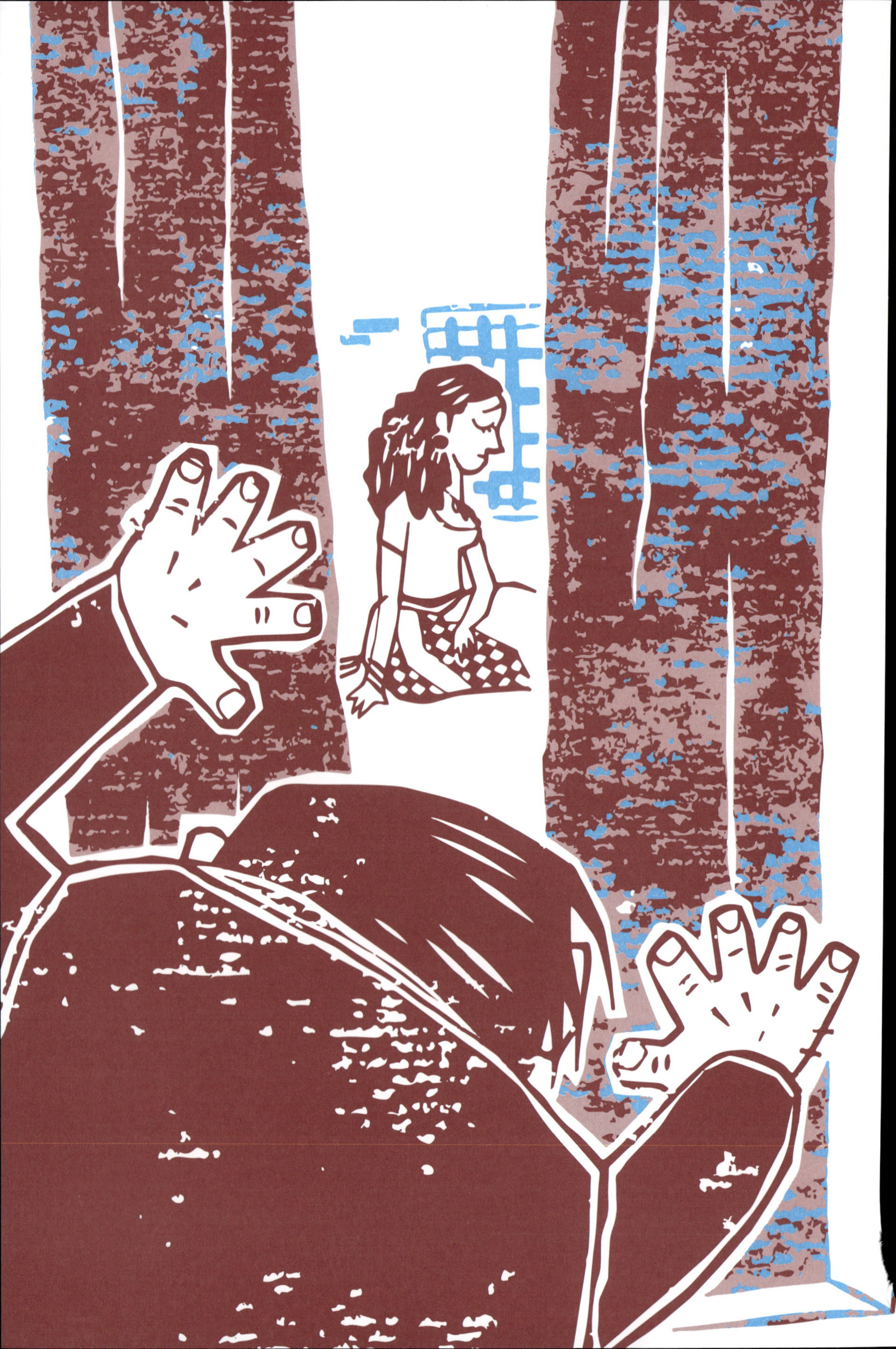

Todavia, Quasimudo,
Faltar nada não deixava.
Refeições para a cigana
Ele sempre preparava,
E quando fazia isso
Corria ao sino e tocava.

Quasimudo e Esmeralda
Conversavam todo dia;
Aliás, ela falava;
Ele tão pouco entendia.
Andava todo contente
Servindo a quem mais queria.

Mas Padre-Mal descobriu
Toda aquela encenação
E correu ligeiramente
Para dentro do salão,
Não encontrou Esmeralda —
Mais outra decepção!

De ódio e de vingança,
O Padre-Mal se inflamou
E nos quartos do Mosteiro
Em cada um vasculhou;
Foi maior a sua ira,
Pois nada localizou.

Vasculhando a Catedral,
Lá na torre descobriu
Um discreto esconderijo,
Devagar a porta abriu;
Esmeralda estava lá,
Quis fugir, não conseguiu.

Padre-Mal, impiedoso,
Com ódio, sem compaixão,
Tirou dali Esmeralda,
Arrastando-a pela mão,
Bufando: – Você me paga,
Agora, não tem perdão!

Por ter corrido a notícia
Que ele mantinha guardada
Uma cigana que um dia
Do Fórum foi sequestrada,
O Oficial de Justiça
Notificou a coitada.

Padre-Mal sequer cumpriu
Aquela ação combinada
De dizer para o Poeta
Como estava a sua amada
E mandar informações
Para a Nação Ciganada.

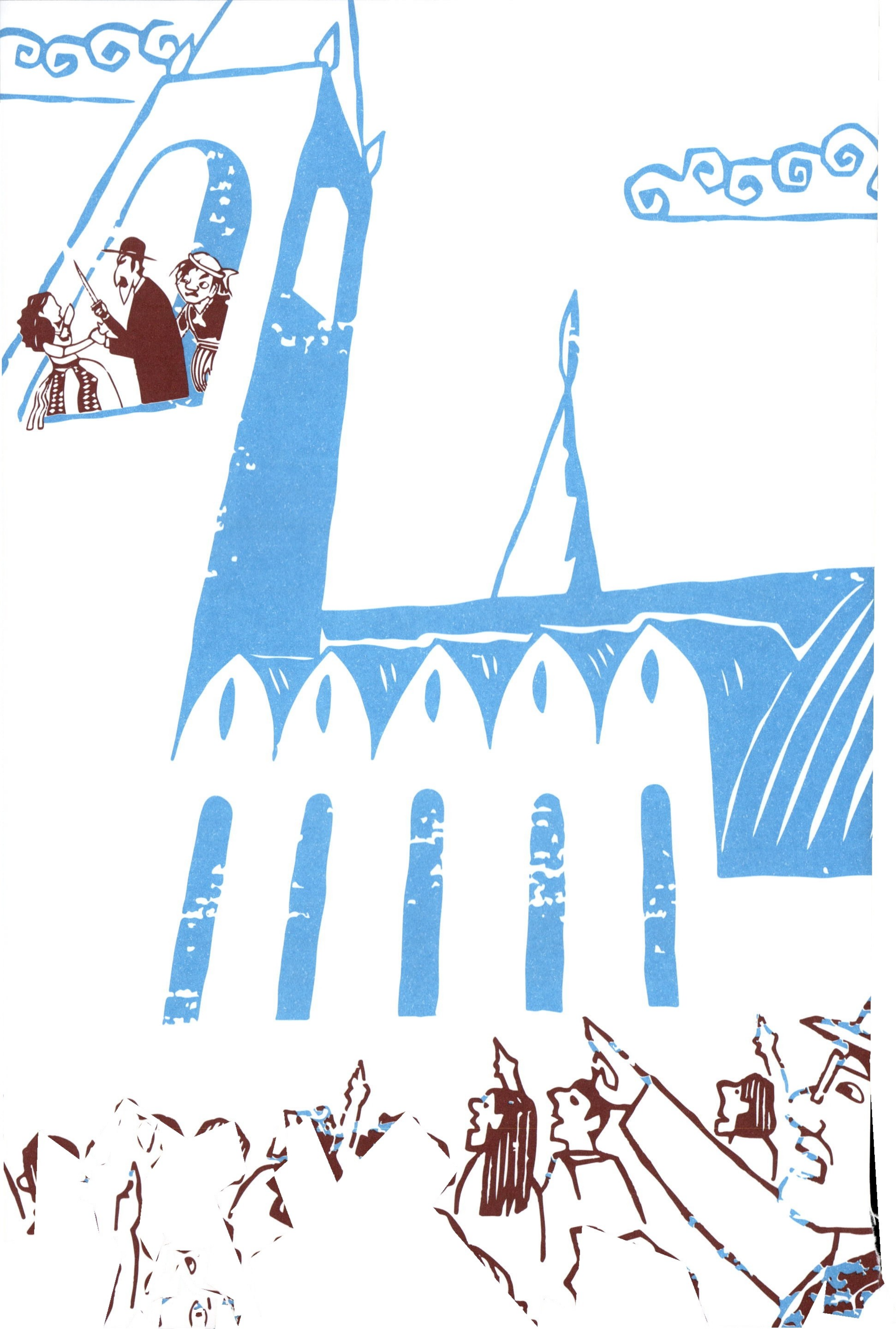

Continuava a peleja
Na torre da Catedral,
Esmeralda resistia
À luta tão desigual,
E no ardor daquela briga
Padre-Mal puxa um punhal!

— Eu mato você aqui
E lhe jogo lá na praça!
Depois direi aos ciganos
Quem fez toda a arruaça:
Foi o Corcunda infeliz
O causador da desgraça!

A luta tornou-se pública
Lá na torre, na sacada;
A Guarda Municipal
Fora logo acionada;
Chegou também de repente
Toda tribo ciganada!

Quasimudo, ainda bem,
Entendeu completamente
E com um salto certeiro
Já estava ali na frente,
E na briga corporal
Lutava sem precedente!

Por isso a briga na torre
Tomou outra direção:
Padre-Mal pega Esmeralda
Com o seu punhal na mão,
Gritando para o Corcunda:
— Caia fora, aberração!

Com o punhal no pescoço,
A cigana dominada,
Quasimudo, apreensivo,
Não podia fazer nada;
Padre-Mal sai precavido,
Esgueirando pela escada.

A ciganada decide,
Mas sem pedir permissão,
Invadir a Catedral
Era a única solução.
Com pau, pedra, ferramenta
Derruba grade e portão!

A Guarda Municipal
Não conteve a invasão.
Quem berrava dando ordens
Era o frouxo Capitão;
Logo foi pisoteado
Pela grande multidão!

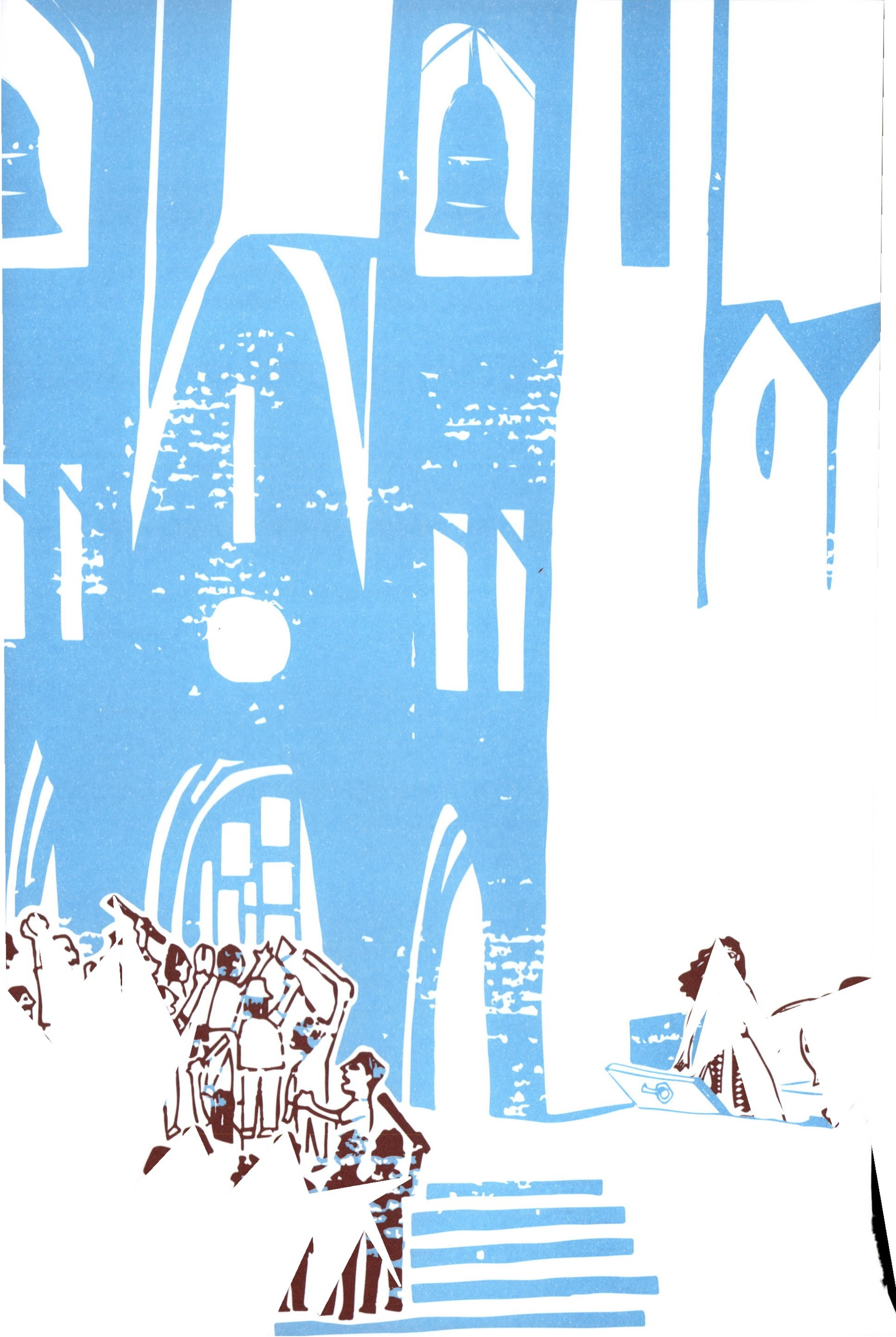

E lá dentro o Padre-Mal
Na escada escorregou;
Rapidamente, Esmeralda;
Das garras dele escapou
Correndo com Quasimudo
Por um corredor entrou!

Quasimudo conhecia
Muito bem a Catedral:
Por uma porta secreta
Já acessa outro portal
Que também lhe dá acesso
Para um horto florestal!

Com muita dificuldade,
Quasimudo escapuliu.
No rio mostra a Esmeralda
Um barco que construiu;
Gesticulou: "Vá embora!"
E dela se despediu.

— Quasimudo, eu só vou;
Se você vier também!
Esmeralda pranteou:
— Eu lhe quero muito bem;
Só acredito em você,
Não confio em mais ninguém!

Mas naquela mesma hora,
A multidão descobriu,
E a Guarda Municipal
Para lá se dirigiu!
Esmeralda disse: — Quasi...
Entrou no barco e partiu.

Quasimudo retornou
Direto para o mosteiro.
Vivia sempre a lembrar
Do seu amor verdadeiro
E, feliz, tocava os sinos
Todo dia, o dia inteiro!

O Poeta e Abigail
— A cabrinha amestrada —
Faziam a mesma tarefa
Por Esmeralda ensinada.
E Padre-Mal ficou preso,
A Lei foi sacramentada!

Esmeralda, ninguém sabe
Qual foi mesmo o seu destino:
Se continua andarilha
Pelo sertão nordestino.
Eu só sei que Quasimudo
Até hoje toca o sino!

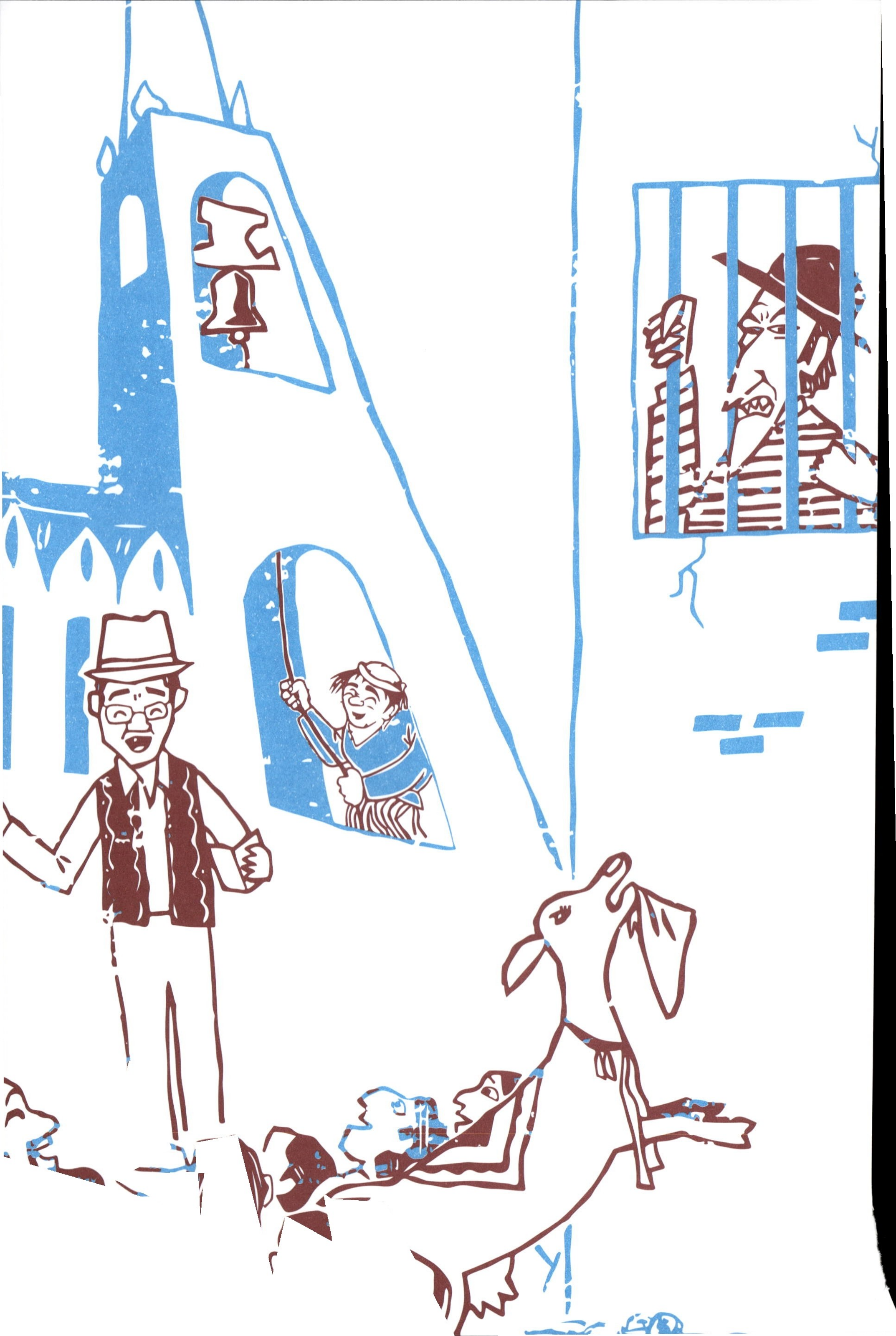

Jamais o pobre Corcunda
Galgou deixar seu cantinho.
Santana de Cajazeira
Abastece seu caminho,
Como elo para pedidos,
O norte para o bom ninho;
Recebe todo romeiro,
Dando-lhe muito carinho;
E espera ver seus fiéis
Libertos de tanto espinho!

FIM

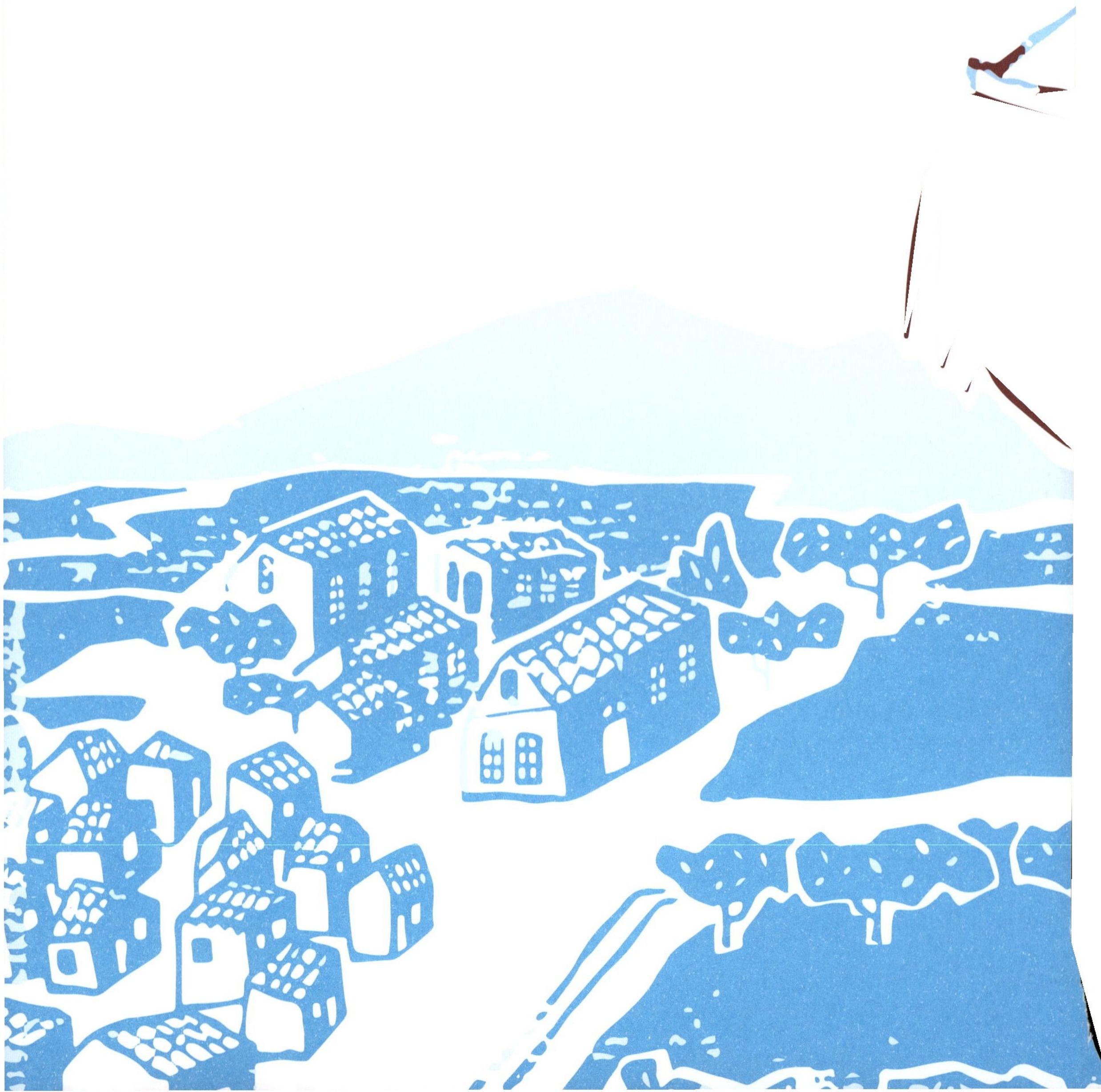

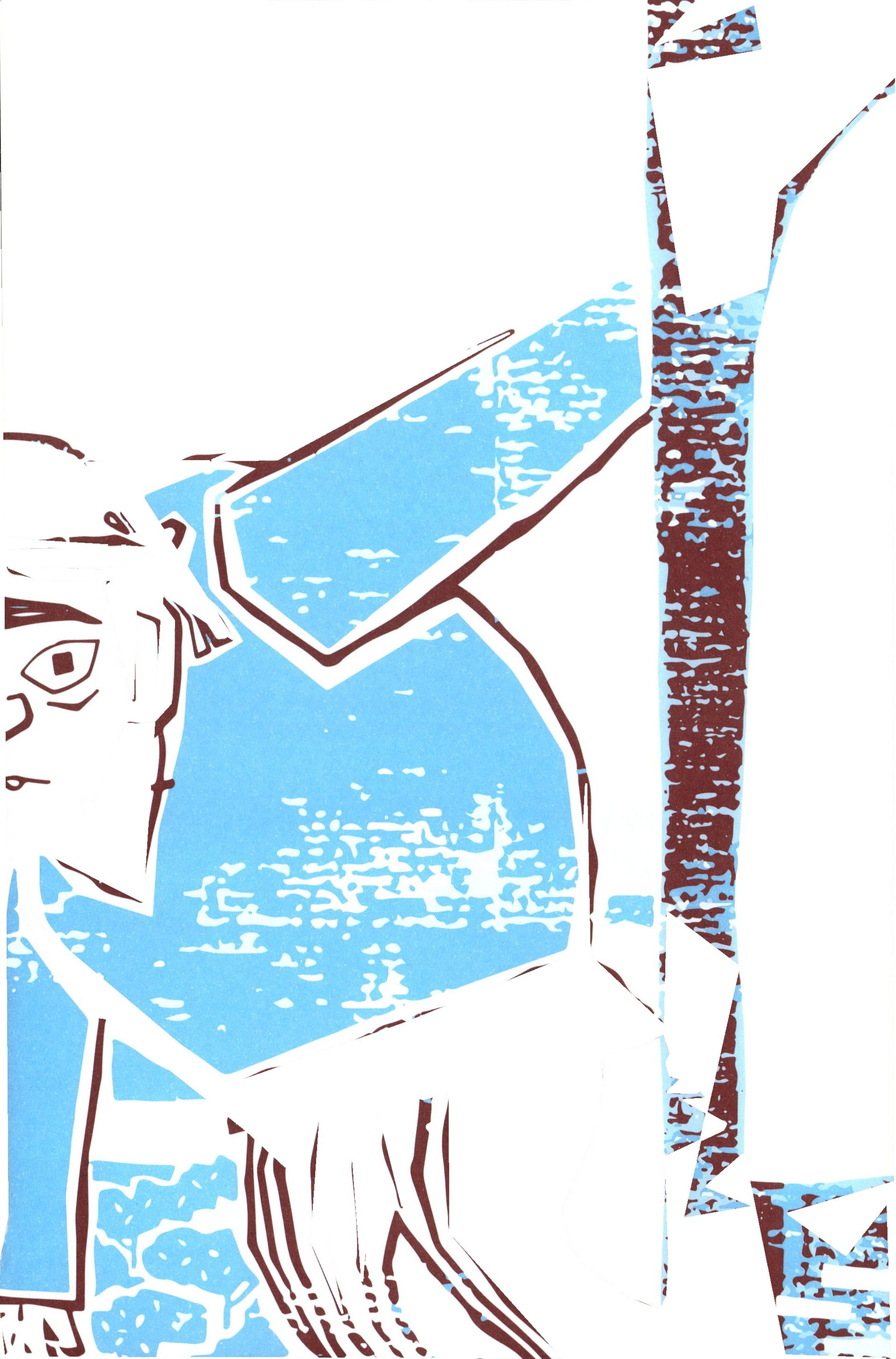

João Gomes de Sá

Nasceu em Água Branca, no sertão alagoano, no dia 9 de maio de 1954, e mora em São Paulo. É formado em Letras (Português-Inglês) pela Universidade Federal de Alagoas (UFAL). Em 1977, trabalhou como bolsista da Funarte no Museu de Antropologia e Folclore Dr. Théo Brandão, quando conheceu as manifestações de cultura espontânea de seu povo. É por isso que, volta e meia, o que escreve revela influência do folclore da região. Morando em São Paulo há algum tempo, além de suas atividades como professor de Português, dá orientações técnicas sobre o folclore e se dedica com maestria à arte da xilogravura. Utilizando elementos da cultura popular escreveu e editou *Ressurreição do boi*, *Canto guerreiro* e *Meu bem-querer* e os cordéis *A Briga de Zé Valente com a Leide Catapora*, *A luta de um cavaleiro contra o Bruxo Feiticeiro* e *Alice no País das Maravilhas em cordel* entre outros.

Murilo e Cintia

A dupla de artistas é responsável pelas belíssimas ilustrações deste livro. Murilo Silva é natural de Vitória de Santo Antão, em Pernambuco e mora em São Paulo desde 2001. Ilustrou para a Editora Nova Alexandria, *Uma história da China* (de Cláudia Vasconcelos) e para a Editora Claridade, *O rabo da raposa* (de Costa Senna). Cíntia Viana é paulista e atualmente mora em Tracunhaém, em Pernambuco. Juntos, ilustraram para a Nova Alexandria na Coleção *Clássicos em Cordel - Os miseráveis em Cordel* (de Klévisson Vianna) e *Tem gente com fome (de Solano Trindade).*

Título original: Notre-Dame de Paris
©Copyright 2008 - João Gomes de Sá
Todos os direitos reservados

Projeto Gráfico, Capa e
Editoração Eletrônica: Maurício Mallet

Editora Nova Alexandria
www.novaalexandria.com.br

GRASS Indústria Gráfica
Impresso em papel OFFSET 120g